대명사들

대명사들

다인숲 사설시조시선 01

이
송
희

겨울을 끌어안고

보내지 못한 날들

그곳에서 들려 오는 깊은 소리를 받아쓴다

여전히, 거기 남아있는

뿌리들의 뒤척임

| 차례 |

제2부

제3부

제4부

제5부

해설

제1부

눈보라

당신의 계절은 으슬으슬 추웠어

어떤 말도 하지 못한 눈발이 퍼부은 날, 빈속을 헤집고 다닌 해고 문자 알림 소리 밤새도록 휘날린 한기에 떨었지 문밖에 선 채로 눈사람이 되었다가 눈 밖으로 밀려날까 얼음이 되었다가 입 안에 머금은 채 울먹울먹 삼킨 말들 가루가 된 시간들을 탈탈 털어 마셨어 아이는 집 안에서 홀로 울고 있었어 기한을 훌쩍 넘긴 독촉장을 모아놓고 물끄러미 바라보다 털어 넣는 알약들, 흘러내린 슬픔마저 얼어붙은 밤이 가고

허공에 흩날린 꿈도 다 사라진 겨울 아침

잔혹동화를 읽다

결말을 알았으나, 덮을 순 없었어

거칠고 긴 줄거리는 이면에 가려져 괄호에 말을 가두고 두려움을 삼켰지 빛나게 해준다는 틀에 박힌 문구는 오히려 식상해서 오래전에 잊었어 입술이 뭉개진 계약서를 만지면서 아무것도 모른 채 어린 별은 빛났어 빛깔 좋고 향기 좋은 말이 맛집 반찬처럼 깔려있는 당신과 계약이 손발을 묶었어 위태롭게 목줄을 달고 별의 입을 틀어막고 누군가 끌고 간 사이 해는 밝게 빛났어 잘려 나간 말머리가 휴지통에 버려진 밤

우리는 갈 곳을 잃은
문장을 꺼냈어

허생의 넋두리

부모님 잔소리에 집 나온 지 어언 십 년

세 평 남짓 고시촌은 천국인가 지옥인가 오늘도 책
상 위에 무거운 질문만 쌓여 수없이 읽어 봤을 문제들
과 지문들 다섯 개의 보기 중에 정답이 있다던가 그
속에 틀어박힌 채 오도 가도 못하는 신세, 변씨 집 찾
아가는 어둡고 긴 골목길에 갈피를 잡지 못한 별들만
총총하다

마흔의 고갯길에서 정답 찾아 떠도는 길

껌

당신의 어금니에 납작하게 씹히던 몸

단물 쓴물 다 빼먹고 버려진 이 바닥에 질기디 질긴 연緣이 시커멓게 들러붙네 오래오래 씹었건만 너는 나를 모른다 하네 족보의 이름들을 질겅질겅 씹고 뱉던 왕자들의 검은 혀와 검은 손의 지문들 기름진 빵 속에 앙금만 깊어지나 황금의 빈 가지마다 매달린 사람들 주렁주렁 열린 입들이 눈칫밥을 먹고 있네

수많은 이빨 자국이 건물마다 새겨 있네

너구리 한 마리 몰고 가세요

어둠이 길을 덮자 그가 기어 나온다

천 년 묵은 너구리 털 이 바닥에 흥건하거늘 몇 개의 얼굴을 가진 놈의 정체를 모를 리 없다 지식창고 몰래 뒤져 남의 지식 훔쳐다가 네 것인 양 둔갑하여 밥상 술상 받아놓고 가식적인 수상 소감 가타부타 늘어놓네 너구리굴 들락거리며 빼 먹은 내공들로 오동통 살만 찌운 너구리 여기 있네

늘어진 웃음 뒤편에 숨겨놓은 네 꼬리

마녀사냥

밑밥을 쏟아부으니 입질들이 몰려든다

녀석은 오늘 밤 이곳에 올 거야 그놈의 꼬리 잡아
시커먼 속 파헤쳐야 해 녀석이 걸려들면 손발을 묶어
야지 말꼬리 이어가며 함정으로 모는 거야 그렇게 넌
추억 속에서 스타로 남겠지 검색어에 오른 너는 재생
되고 또 재생되지, 희고 흰 한때를 기억하는 이들에게
신선한 그리움으로 겨울밤을 데울 거야

저기 또 밑밥이 쏟아진다!
고기떼들 몰려든다

페르소나

누군가 오늘도 내 뒤를 밟고 있다

눈 코 입을 가린 보이지 않는 손가락 그 검은 동선을 따라 말들은 뛰어가고 달리는 말 앞질러서 더 세게 달리는 말, 주변을 둘러싼 얼룩무늬 소리 따라 더 높이 더 멀리 떠오르는 말풍선 실시간 말꼬리 잡고 늘어지던 말꼬리 먹통이 된 모니터 속 어딘가에 숨은 손이 수시로 들락날락 방을 털고 몸을 털고 마스크 쓴 입들이 현란하게 떠도는 밤

바닥엔
찢긴 말들이
필름처럼 쌓여 있다

떠도는 귀

잘려 나간 귀 하나가 도시를 떠다녔어

누군가는 크리스마스 선물이라 기뻐했고 누군가는
가십거리 안주 삼아 씹었고 또 누군가는 귀를 닫고 한
쪽으로 흘려보냈어 밀밭은 언제나처럼 바람이 우거지
고 해바라기는 정신없이 해를 향해 타올랐어 낮이 선
무리들은 마스크를 쓴 채로 보이지 않은 입들을 열었
다 닫았지만 귓속에선 실시간 까마귀가 짖어 댔고 아
랫집 윗집에서 개들이 짖어 댔어 슬금슬금 곁눈질하
며 집주인이 짖어 댔어 밤이면 소나기가 창문을 때렸
지만 태풍의 전야처럼 어느 순간 고요해진 귀

두 귀를 잃은 그들은 절대 울지 않았어

토끼의 간

간밤엔 벼룩에게도 간 빼 먹힌 사내가

굶주린 밤 움켜쥐고 벽을 향해 기어가서 앓아누운
용왕의 전화번호를 찾는다 간 팝니다 물기 젖은 간,
수궁가를 부르는 간, 전화기 속 별주부가 그의 간을
자르고 연체 된 이자와 한숨까지 자를 때 콩알만 해진
간으로 전화기를 놓는 사내, 두 살 아이 분유통을 물
끄러미 바라보다 몇 달 밀린 방세를 생각하며 다시 또
전화 걸고……

햇살에 널어 말리던 간,
온몸을 휘감는다

종이컵

출렁이는 내 마음이 당신께 보이진 않죠

나무의 그늘처럼 뿌리내리고 싶었어요 진열장 속 어둠은 더 두려운 시간이었죠 쓰레기통에 던져져 나뒹구는 일회용들 구둣발에 짓밟히는 고통이 일그러져요 당신의 입술 자국 당신은 기억하나요 비정규직 계약은 무기한 연기되고 싸늘한 문장이 가는 목을 잘랐어요 목이 잘린 이들이 당신을 기다려요

얼룩져 구겨진 생애가 오늘도 말라가요

자기소개서

본인은 실밥 터진 바람 속에서 태어났습니다

구름처럼 중얼거리며 유년기를 보내고 책장 위 수북한 먼지로 살았습니다 어둠을 덮고 잔 이력만 수십 년째, 떠도는 허무를 모아 안개를 제조하고 졸고 있는 햇살 그려 입상을 했습니다 누군가의 쥐구멍을 들춰주는 꿈을 꾸며 뼛속으로 숨어든 한숨들을 봅니다 삼겹살에 찍혀있는 합격도장을 씹으면 하수도 뚜껑 너머로 좁은 하늘이 열립니다 허기진 낱말들도 정식채용 되어있는 담벼락에 출근하는 담쟁이가 있습니다

호명된 어둠 속 집들이 하나 둘 불 켜는 창

제2부

게 누구냐?

내 친히 갑옷 입고 시비를 가리겠노라

그 누가 나를 감히 무장공자無腸公子라 했느냐 얼굴엔 번지르르 금가루 바르고 여우 털을 두른 네 속셈이 무엇이냐 안 보이는 손으로 민심의 목을 치고 백성들 주머니 털어 호의호식 하는 놈들 부드러운 말로 꼬셔 살랑살랑 꼬리 치며 단물만 다 빼먹고 문밖으로 내쫓는, 네 놈들의 시커먼 속에 들어앉은 속임수들

옆으로 걸어가면서 남 탓하지 말지어다

대명사들

그들과 저들 사이 내 자리는 따로 없다

부여의 사출도四出道인가, 개돼지로 불리면서 때 되면 밥 먹여주니 웅크리고 입 다물라 떠도는 유언비어 속 현행범이 되었다가 천하디천한 우리는 말 한 마리 값도 안 되고 그녀가 읽어가는 수첩 속 문장에선 우리는 또 저것들과 이것들로 흥정되고

이름을 잃은 우리는 대명사로 불린다

어떤 진술
– 주남마을에서

바깥으로 가는 길은 모조리 막혔다

감시탑과 옥상에서 불빛이 반짝인다 불이 난 버스 안으로 총알이 쏟아진다 뒤집힌 천정 밑 조각난 마네킹처럼 살점이 떨어지고 팔다리가 튕겨 나가고 파랗게 질린 얼굴이 구석에 박힌다 문들이 사라지고 이름이 사라졌다 지워진 눈 코 입들은 어디에 있는 것일까 경적처럼 터지는 아이들의 울음소리 손에 잡힌 손가락과 흰 뼈의 시간들, 얼굴을 잃은 채 떠내려간 아빠와 딸 포승줄에 꽁꽁 묶인 밤, 겁에 질린 방 안에는 먹다 남은 밥상이 뒤집어져 놓여 있고 녹이 슨 수저와 메마른 입술뿐 바깥으로 가는 길은 모조리 막혀있어 손을 흔들면 손이 보이고 발을 구르면 발이 보이지 저 먼 곳 불빛 반짝이는 시간을 쓴다 쏟아지는 불꽃의 방 아쇠를 당기는 손, 누구의 손인지 묻고 또 물으며

아직도 우리는 여기, 갇혀 지내는 중이다

그때 그 소년

– 한강, 〈소년이 온다〉

그들은 십대를 지나는 중이었어

40여 년 세월 동안 교복을 입은 채 해마다 상무관 앞의 설움을 삼켰지 몸에서 빠져나간 수많은 어린 새들, 군용 트럭에 실려서 아무렇게나 버려지던, 땅속에 묻힌 소리가 귓가에 맴돌았지 열십자로 포개져 납작하게 짓눌린 꿈, 썩어가는 눈과 귀와 입들이 기억하는 잔혹한 오월의 문장이 금남로에 휘날렸어 아무도 기억하지 않은 우리의 장례식엔 그 흔한 국화꽃도 인사도 없었어

저 멀리 빈 무덤 밖에
소년이 날 바라봐

여전히, 오월

총구는 방향을 바꿔 우리를 덮쳤지

순식간에 날아간 눈과 입을 찾느라 얼굴은 바닥을 짚고 같은 곳을 맴돌았지 다급한 군화 발소리, 구석에 내몰린 채 우리가 본 것은 천막에 가려지고 아무도 모르는 곳에 흔적 없이 버려졌지 찢어진 거울 속에는 타다 만 촛불들 불 꺼진 초를 안고 다시 모인 저녁 광장

불타는 오월의 꿈이 불티 되어 떠돌았지

부푸는 저녁

촛불은
저녁 속으로
격렬하게 파고들었다

밤이 부욱 찢기며 속내가 드러나자 촛불은 더 깊이
내부를 비췄다 잠입한 침묵 하나가 힘없이 쓰러지면
서 겁에 질린 그림자도 구석으로 피하면 촛불은 바람
앞에도 강렬하게 피었다 서로 밀고 밀리던 서초동 눈
빛들이 그의 몸에 매달려 촛농으로 흘러내렸다 내 안
의 젖은 심지 일으켜 타오르던, 주머니 속 귓속말과
고여 있던 울음들 우리는 촛불을 켜고 서로에게 번져
갔다

모서리
어둠을 씻으며
빛이 되는 사람들

서울, 2016년 겨울

겨울밤, 광장에 모여 기침하는 사람들

AI가 휩쓸고 간 골목마다 불 켜지자 곳곳에 병든
이들이 손에 손을 잡는다 그 해 봄날 기억 따라 닻 올
리는 세월호, 수장된 네 울음은 우리들의 울음이다 칼
바람 불어대자 흔들리는 문고리, 입에 발린 말 속에선
모르쇠의 문장들, 혼잣말의 시간들이 혼밥처럼 쌓여
가고 의문의 7시간을 묻고 묻는 촛불들

광화문 하얀 밤들이 춥지만은 않았다

광마우스

어둠 속에 있을 때면 두 눈에 빛이 나지

탐욕의 눈 반짝이며 냄새를 따라 가다 쥐약 묻은 생선머리 식욕을 저당 잡혀 한 토막 황홀함과 불안감을 씹는다 사대 강 물줄기 따라 흘러가는 반값 등록금 모두가 잠든 마을 쥐 죽은 듯 조용한 밤 날카롭게 갉는 소리, 대들보 허무는 소리, 눈 못 뜬 바람들만 청계천에 흘러들고 쥐꼬리 월급봉투 조등처럼 내거는 집들

두려운 그림자 데리고
어둠 속에 숨는다

국선생麴先生의 취중진담

너희들의 이름은 고려 때부터 화려했지

주색 짙은 녀석들은 늘 그를 불렀지 모임마다 잇새
주로 주가를 올렸지 수많은 주주들의 환심을 등에 업
고 불타는 금요일엔 달리고 달리자 이 밤의 끝을 잡고
지화자 좋은데이! 술상을 두드리며 오늘도 처음처럼!
청하한 표정 속에 은밀한 유혹의 말, 참이슬 내릴 때
까지 늘어지던 넋두리

술독에 빠진 길들이 내 발목을 붙드네

공방孔方의 갑질

오늘도 인사 비리로 도마 위에 오른 공방

대대로 물려받은 곳간 열쇠 움켜쥐고 형제자매 등진 곳에 돈방석 깔고 앉아, 돈다발 끌어안고 양반다리 하고 앉아, 너는 뉘 집 자식이냐 어서 이리 오너라 수청을 거절하면 숙청을 하겠노라, 공방의 갑질에 몸 사리던 직원들 곳곳에 눈먼 돈들 쓸어 담는 순간에도 구멍 난 심장 속에선 찬 바람만 쌩쌩 부네

당신의 가슴 속에도 공방이 걸어 나오네

춘향의 비밀

신인가수 춘향이 변사장에게 불려가네

암행어사 이도령을 기다리다 다 늙겠네 턱 깎고 코
세우고 사랑가를 열창하네 단막극에 주연이 된 신인
배우 추월이 봐라 휘모리장단에 맞춰서 덩실덩실 춤
을 추네 거품 많은 말들로 채워진 맥주잔을 밤새워 기
울이며 팔자 한번 고쳐보자 온다던 이몽룡도 다른 여
자 꿰찼겠지 감춰진 엑스파일만 뒷골목을 돌고 도네

옥중에 갇힌 날들이 어둠 속에 묻히네

제3부

눈먼 자들의 도시*

강남의 도심 속에 눈먼 자들이 살고 있지

관습적인 악수와 함께 명함을 내밀면서 보이지 않
는 손들은 나의 눈을 가렸지 귀와 입을 틀어막고 여린
목을 졸랐지 옆집 세든 여자가 주검으로 발견되던 날
가까이 다가갈수록 체감온도가 낮아졌지 체온을 느낄
수 없는 언어로 세워진 건물, 그 안에 갇힌 자들이 파
업의 현장 뒹굴다 눈 먼 자들 앞에서 눈먼 자가 되어
가는 곳, 눈도 비도 오지 않는 평온한 기후의 나라

파랗게 날 선 유리창,
햇살도 눈이 멀지

*주제 사라마구의 소설 제목

마감뉴스

빗더미에 눌려서 납작해진 남자와 여자

바람의 목소리가 웅성대는 겨울 저녁, 얼어붙은 길목에 앉아 붕어빵을 굽고 있다 납작해진 시간 속에서 익어가는 한숨 소리 여자의 얼굴이 바삭하게 구워진다 그 까만 심장 하나가 터벅터벅 걸어온 길, 비좁은 골목으로 차곡차곡 밤은 쌓여 발목이 푹푹 빠지고 휘청거리는 남자와 여자

싸늘한 지붕 아래서 밤새 눈을 맞고 있다

PM. 11:00

사무실 창밖은 까맣게 잠들었다

서류함 속에서 접히고 구겨진 사내, 접어진 마디마
다 바람 소리 자욱하다 심장이 터질 듯이 하드는 돌아
가고 쏟아지는 기획서에 온몸이 짓눌린 사내, 컴퓨터
창 화면엔 청천벽력의 인사 발령들, 목 잘린 꽃들이
비에 젖은 이 밤에…… 몇 곱절 서류 더미에 납작하게
눌린 사내, 주름진 길 너머엔 아내와 두 딸들, 푹 꺼진
눈동자에 스르르 감기는 달

메마른 시간 속으로
터벅터벅 걷는 사내

놀부보쌈

강남의 땅덩어리 한 입에 보쌈하지

여기가 내 땅인가 저기가 내 땅인가 재개발 주택가
가 절임배추로 누워 있지 비닐 쌓인 배추에서 소문들
을 꺼내면서 돈 많은 아비에게 물려받은 버릇은, 배
추에 넣을 속을 돈으로 밀어 넣기 배추 속 넣으면서
노란 배추 뜯어먹고 김치통 가득가득 돈다발을 채운
다 아파트 값 올리고 양도소득세 내려라 재테크와 세稅
테크를 알맞게 버무려야지 대한민국 1퍼센트 놀부보
쌈 아느냐 온갖 채소 양념들은 보쌈을 위한 시녀일
뿐, 눈멀고 귀멀어서 원시遠視만 깊어지나

먹어도 허기진 하루가 고봉처럼 쌓인다

동에 번쩍, 홍길동!

동에 번쩍, 서에 번쩍 길동이 나가시네

오늘 아침 첫 출근은 카드회사 사이트, 회원가입 신청서에 눈 비비며 앉아 있네 은행 문 열자마자 도착한 길동이, 대출금 계약서를 친절하게 안내하네 주민등록 재발급에 동사무소 방문하여, 호부호형 못한 한을 서류 위에 풀어놓네 호프를 꿈꾸며 호프집 알바하다 그녀에게 눈이 멀어 콩깍지가 끼길 몇 번, 한동안 정신 차리고 도서관에 다니더니, 언제부턴가 수목드라마 주인공으로 열연하네 다시보기 화면으로 또 한 번 출현하고 학구파로 둔갑하여 고사장에 나타나네 예시된 서명란과 지문 사이를 오가네 길동이 실존했던 인물인가 아닌가 담쟁이 넝쿨 타고 도마 위에 오르더니, 전화기 모델이 되어 환심을 사고 있네

당신의 홍길동들이 가방 속에 담겨지네

햄버거

건물과 건물 사이 사내가 끼어 있다

일주일째 야근으로 쌓여가는 담배꽁초 잔뜩 쌓인 불만을 몇 개피째 피우는 사내 며칠을 끙끙대다 사장에게 제출한 접혀진 서류 속에 사내가 끼어 있다 꼭꼭 누른 성깔머리, 새치처럼 삐져나와 사람 좋은 웃음으로 공과 사를 덮어 두고 짜디짠 월급봉투 기다리는 아내가 봇물 터지듯 내뱉는 잔소리를 떠올리며 고랑 같은 주름을 이마에 새기는 사내, 게시판을 메우는 승진 발령 소식들 자꾸만 미끄러져 깁스한 시간들 과장과 부장 사이에 사내가 끼어 있다

노을과 뒷산 사이에 지는 해가 걸려 있다

정글의 법칙

먹잇감을 찾아서 하이에나처럼 떠돌았지

몇 날을 벼르다가 잡아챈 녀석의 꼬리 내장을 헤집
어 야금야금 빼낸 정보 탈탈 털린 몸에서 바람 소리만
들렸지 껍질만 남은 녀석을 구석에 버려두고 또 다른
먹이를 찾아 두 눈을 부릅뜨네

헛바람 삼키고 오는 이 독한 허기 속을

금 간 시간의 화법

환절기 바닥에 비문이 뒹굴었지

가면 쓴 남자가 발로 힘껏 걷어찼어 닳아진 구두 굽에 문득문득 밟히는 생각, 생각이 꼬리를 물고 생선가게로 데려갔지 꿈지 파닥이는 싱싱한 언어들 ㅅ ㅅ ㅅ 썰리는 소리 입 안에 넣었지 오물오물 씹었지 닭살스런 문장으로 비릿한 행간에 마침표를 찍으려는데, 술 취한 아저씨가 말꼬리 잡고 늘어졌지 생선가게 아줌마 고래 같은 입에서 온갖 욕설 고래고래 터져 나오고 말마다 칼집 내고 지느러미 잘라냈지 무이자 대출 광고에 귀가 솔깃해진 남자, 꿈에서 눈먼 돈 세는 남자, 빵처럼 부풀어 오른 통화료 거품 목욕을 하겠지 4대강 관련 뉴스가 부글부글 끓겠지 농가엔 붉은 울음이 장마처럼 쏟아지겠지 산산이 부서지는 이름을 흥얼거렸지 옆집 사는 신혼부부가 갈라서자며 거울을 깼는데, 깨진 거울에서 그녀가 걸어 나왔어 어딘가로 전화를 거는데 구부러진 길도 통화 중 지금은 고객님

이 전화를 받을 수 없습니다

아파트 갈라진 외벽은 어떤 수사로도 메울 수 없
었어

대출됩니다

수수료 없는 대출,
무이자 주부 환영

고객님은 칠백만 원 가승인 상태입니다. 연예인 광고 보셨죠? 그 사람도 대출했어요. 아파트가 없다고요? 아무 상관 없어요. 고민하지 마세요, 신체 포기각서 있잖아요. 묻지도 따지지도 않고 무엇이든 대출됩니다. 분윳값이 없다고요? 아기도 담보됩니다

그래요, 대출은 사랑이죠 고개만 끄덕이세요

비의 문장

바다는 오늘 밤도 온몸을 뒤척인다

닳아진 운동화 뒤축을 만질 때마다 쓰다만 공책 한 권을 넘겨 볼 때마다 먼지만 쌓여 있는 빈 책상을 볼 때마다 책상 옆에 홀로 놓인 책가방을 볼 때마다 흘러 간 유행가처럼 잊혀질까 두려운 이름, 그 이름 부르며 뜬 눈으로 지새던 밤, 부끄러운 세상에 갇힌 그 붉은 울음을

가만히 끌어안으며
팽목항을 적시는 비

문득

아들 없는 생일날에 미역국을 끓여놓고

교과서보다 만화책을 좋아했던 아들을, 공부보다 공놀이를 좋아했던 아들을, 밥 먹는 시간 대신 자겠다는 아들을, 대학을 안 가고 돈 벌겠다는 아들을, 부글부글 물거품이 되버린 아들을 가슴에 박힌 심장같은 아들을, 엄마를 기다리다 가라앉은 아들을

이제는 저녁 바다가 된 아들의 얼굴을

제4부

엄마의 시간

혼자서 바깥으로 나가지 마세요

지난겨울 어디쯤에서 허우적거릴 그녀를, 누군가에 이끌려 밤새 떨던 그녀를, 언제나 배가 고파 칭얼대던 그녀를 먼저 떠난 남편 옷을 반듯하게 다리며 아침저녁 꽃단장하는 그녀의 기억 속, 이제는 더없이 맑고 고운 그녀가 내 손을 꼭 잡고 횡단보도 건너간다 그녀 손을 꼭 잡던 어린 나도 지나간다 신호등도 깜빡이다 잠시 기억을 놓친다

허공엔 그녀가 흘린 혼잣말이 떠다닌다

카프카와 악수를

벌레가 된 카프카를 파일에 담았어요

각기 다른 표정의 벌레들이 기어다녀 밖에서 안쪽
으로 비밀번호 걸었어요 창문 넘고 담을 넘는 아버지
고함 소리, 고래고래 소리치던 그가 던진 사과에 맞
아 몸이 썩고 마음이 썩고 한층 더 추워진 밤 당신의
불안과 울음마저 첨부했어요 빈방에 남겨졌을 싸늘한
표정과 빈 벽에 새겨졌을 아프고 외로운 말, 벌레가
된 카프카들이 벌벌 떠는 이 밤에

우리가
지나쳐 버린
슬픔을 접속해요

스팸 메일

먹구름이 몰려와 능선을 덮었다

어두워진 길 위로 검은 비가 내리고 어느새 얼굴이
까맣게 질렸어 저편으로 사라진 당신을 불렀지만 목
소리는 사라지고 발은 자꾸 헛돌았어 대답 없는 문 앞
에서 그녀를 기다리던 길고 긴 밤들이 순식간에 지워
졌어 그녀를 기억하던 자음과 모음들 저장된 번호들
과 표정들이 지워졌어 편백 숲의 노래는 어디로 갔을
까 말들은 사라지고 맴돌던 침묵 하나

전송된 메시지 속에서
우린 길을 잃었어

데자뷔

우리 한 번 만났던 적 있었던 것 같은데

눈 내리는 창밖에서 당신을 기다리며 언젠가 들은 적 있는 천 년 전 목소리 자꾸만 붙잡고 싶은 어제 같은 오늘의, 당신에게 달려가다 자꾸만 넘어지고 넓은 그늘 아래서 울던 소리 들려오면 가슴 한쪽 털리고 속이 텅 빈 하늘가에 언젠가 본 적 있는 계수나무 한 그루 그 푸른 나무 아래서 하나둘씩 펼치던 꿈 언젠가 와 본 적 있는 이곳에서 길 잃었네

천 년 전 당신 손잡고 걸었던 이 밀밭 길

암전

당신은 캄캄하게 말을 집어 삼켰어

벽과 벽을 더듬어 문을 찾아 헤맬수록 발은 더 깊
이 빠져 헤어날 수 없었어 묻어버린 수사들은 기억 속
에 잠겼고 꺼내려 할수록 가라앉아 버렸어 침묵은 침
묵을 낳고 또 침묵을 키워갔어 사월은 화려했고 오월
은 더 빛났지만 그해의 봄날은 하얗게 지워졌어 떠올
리려 할수록 색은 더 지워지고 네가 있던 풍경도 사라
지고 말았어

어둠은 활활 타올라 너와 나를 삼켜 버렸어

소나기

그녀의 목소리는 흠뻑 젖어 있었다

언젠가, 불현듯, 날 다녀간 그녀가 따귀를 후려치고 도망가던 그녀가 널 믿지 못하겠다며 퍼붓던 그녀가 폭염 사이로 내뱉던 짧은 말들이, 벼랑으로 몰아붙이던 맵디매운 말들이, 어느새 내 몸 속으로 스며들던 말들이

지독한 열병 속으로 투명하게 갇힌다

컵, 깨어지다

어느새 빗방울이 몰아치고 있었지

껴안았던 시간들도 궤도를 벗어나자 그녀와 이별
하던 그 길도 금이 가고 후드득 빗방울이 금 간 창에
쏟아졌어 빗길에 미끄러진 사고 소식이 보도되고 그
녀의 손과 발이 파편으로 흩어졌어 눈망울 속 출렁이
던 추억이 바닥에 떨어져서 산산조각 나버렸어 입 안
가득 고인 핏물 삼킬 수가 없었어

깨어진 유리 조각에 눈물 고여 있었지

사랑의 유통기한

그때였죠,
전부터 조짐이 있었어요

지독한 비린내가 코끝에 감겨오면서 변색된 말의
조각이 명치에 걸렸어요 우리는 겨울을 지나가는 중
이었죠 살얼음 낀 거울에 굳은 표정이 박혀있고 길 위
에 폭설이 내려 발이 쉽게 빠졌어요 꺾어진 골목길을
돌아 나온 버스는 자정을 지나자 자취를 감추네요

아직도 깨진 액정 속
그와 내가 웃고 있어요

이동식디스크

끝없이 펼쳐진 초원, 길의 끝은 어디인가

저 푸른 네트워크를 가로지르는 무리들 암호를 두른 길들이 신기루처럼 나타난다 한 번도 만난 적 없는 별 바람 햇살들, 게르*의 침대 위에서 하룻밤을 보내고 또 다시 길을 만들며 길을 다시 지우는가 모서리 없는 길들을 밤새워 끌고 간다 사막의 한 가운데 멈춰선 모래시계 사라진 길 위로 꿈들도 흩어진다 하늘에 뜬 별들도 그물처럼 펼쳐진다

끝없이 이어진 길에 너와 내가 갇힌다

*몽골족蒙古族의 이동식 집.

링반데룽*

두고 온 길이 또 내 앞에 뱀처럼 엎드려 있다

지루한 반복 속으로 서서히 말려드는 어둠, 그 말
랑한 속임수에 걸려 넘어지고 깨진 무릎 몽상의 숲을
파헤쳐 한숨을 불어넣고 붉어지는 한숨으로 고무뜨기
를 하는 밤 적막한 굽잇 길 한 자락 먹구름 한 조각 여
기는 문인가 늪인가 꿈인가 난해한 문장들이 하늘을
가리고 망막을 가리고 추억을 가리고 풀리지 않은 의
문 해독하는 별들아 쫑긋 세운 귓속에선 어긋난 주파
수 소리 들리고 비밀에 부쳐질 비극이 한 줄로 압축된
다. 벗어나려 할수록 빠져드는, 잃어버린 노선 단절된
통로 막힌 혈관 더듬어 더운 바람 밀어 넣고 아! 너의
늪에 빠져 맴맴 도는 나선형의 적막을 견디는 시간 종
이가 닳을 때까지 되돌이표를 그리며 수없이 되불렀
던 노래여! 음악 시간은 끝나지 않고 길은 보이지 않

고 구멍 난 하늘을 메우며 어둠은 긴 커튼을 친다

점점이 짙어진 길이 눈앞에서 똬리를 튼다

뫼비우스 띠

입에 발린 말들이 껌처럼 들러붙었지

낙하산 탄 사람들이 자리 깔고 앉아서 학연과 지연
에 얽힌 내력을 풀고 있지 질기디질긴 연들을 하늘 높
이 띄웠지 연결어미로 이어진 시간의 계보들 휘날리
는 문장력에 수울~술 넘어갔지 얼레에 감긴 하루를
수울~술 풀어 날렸지 단물이 빠질 때까지 질근질근
씹던 문자 뒤얽힌 생각 몇 줄을 풀고 또 풀었지 입에
발린 말들 뒤로 달라붙는 혓바닥

익숙한 길들만 모여 똬리를 트는 밤

제5부

월식의 종류

시간의 문이 스르르 닫힌다

첫눈이 내리고 번지는 푸른 빛 입안 가득 차가운
말들을 머금고 오물오물 삼키다 뱉어낸 한숨들 머뭇
머뭇 놓친 길이 눈앞에서 꿈틀거려 미끄러져 뭉개진
발그림자 어른거려 옷섶에 물을 쏟은 밤 스르르 떠올
라 흘러내린 기억을 슬며시 닦으며 고개를 말없이 돌
리다가 보았지 문틈에 낀 옷자락처럼 걸려있는 흰 달
을 어둠이 먹다 만 저녁 밥상을 덮고 있어

누군가 문을 두드리며 내 눈을 보고 있어

노을의 귀가·2

어느덧 당신이 산등성이를 넘었네요

먹구름이 먼저 와 밥상에 앉았네요 배고픈 그리움
에 나는 늘 젖지요 렌지에 바짝 굽다가 태워버린 시간
들 마음이 다 누르도록 그리움을 젓다가 그을린 자국
을 지우려 애를 많이 썼지요 여든의 밥상머리에 독백
은 더 깊어지고 당신은 여느 때처럼 일찍 자리를 뜨는
군요 언제쯤 노릇노릇 구워낸 말들을 꺼낼까요?

반쯤 탄 냄비 바닥에 얼룩이 된 눈물방울

거울

노인의 입술이 새하얗게 얼어붙었다

삐쩍 마른 사내가 먼지를 닦아주자 차디찬 얼음장 같은 삶들이 만져졌다 마음의 공터에서 놀다간 아들 딸 못 잊을 이름들이 글자로 박혀있고 균열된 작은 틈새로 찬바람이 불어온다 깨어진 몸 들어 올려 리어카에 싣고서 사내는 노인과 함께 내리막길로 사라진다 수많은 노인들이 터벅터벅 걸어 나온다

주름진 얼굴 하나가 이빨 없이 웃고 있다

시간의 문

노인은 구부려 앉아 구멍을 깁고 있다

벌어진 틈새를 비집는 바람 소리 떨리는 문풍지에 숭숭숭 구멍 뚫고 뼈마디 마디마다 한 땀 한 땀 박히는 눈발, 지나온 길은 활처럼 휘어지고 움푹 팬 눈 속에 치밈하게 고이는 달, 흐릿한 구멍에 갇혀 혼잣말을 태운다 낡은 문밖에는 기침 소리 자욱하고 인기척 없는 밤을 밤새도록 깁고 있다

휘우듬 저문 들판을 노인 홀로 걸어간다

모래의 여자*

남자는
길앞잡이 벌레를 찾아 나선다

빛도 없고 벽도 없는 그 황량한 미궁 속 웅글게 버
틴 시간 망루를 향하고 저어기 문이 보인다 꿈이 보인
다 그러나 여자의 캄캄한 모래 웅덩이 속 차가운 자궁
속으로 빨려 들어간다 삶은 어쩌면 끝없이 암호를 풀
어 가는 것일까 플러스 마이너스 알파와 오메가의 공
간에서 자꾸만 모래를 퍼내고 시간을 퍼내고 나를 퍼
내고 또 모래를 퍼내고…… 사계절 내내 낯선 여름의
길 불가해의 길 상처의 길 모래의 길 갈고 갈며 새 길
을 내는 그 길목은 밖으로만 뻗어있다

너와 나
시간의 손을 잡고
키워 가는 소금 꽃

*아베 코보安部公房의 『모래의 여자The Womam in the Dunes』

타로점*

저 숲속에 꼭꼭 숨은 너를 찾을 수 있을까

검정색 망토를 두른 노인 한 손에는 호롱불 다른 한 손에는 긴 지팡이를 짚고 어디론가 열린 출구를 향하여 신호를 보낸다 구불구불 긴 터널 좁아진 혈관 미혹의 그늘 속으로 가쁜 숨 밀어 넣고 쿵쿵 뛰는 가슴 열어젖히고 부릅뜬 눈알 굴려 숨바꼭질을 한다…… 덜덜거리며 지나가는 수레, 그 빈 수레에 휘감기는 한숨, 머리카락 보일라 숨어버린 네 그림자여 'ㄷ'자 모양의 나무에 매달린 사내가 연상의 그녀를 기다린다 양날의 칼을 수직으로 치켜든 오늘 씨와 날로 짜여진 허공을 뚫고 시공을 가르고 진공을 가르고 어둠을 가르고 음지와 양지의 뒤섞이는 언어들을 무찌르자 날카로운 손톱과 발톱을 가진 악마를 무찌르자 X자가 길을 막고 내게 내민 검은 손을 무찌르자 잘려나간 풍경 뒤로 황금색 잔을 든 그녀가 곡예를 하듯 받쳐 든 미래未來, 마술처럼 쏟아지는 황금색 빗줄기 철철 흘

76

러넘친다

조만간 뒤엉킨 숲속의 그녀를 만날 것이다

*타로(프랑스어: Tarot)는 22장의 메이저 아르카나와 56장의 마이너 아르카나로 된 카드 패로서, 원래는 카드 게임을 위한 카드 패이었으나 점술의 목적으로도 많이 사용된다. 특히 아시아권에서는 대부분 점술의 목적으로 사용하는 것만 알려져 있다.

글루미 선데이

여자의 휴일은 온통 검게 물들었다

몇 개의 빗방울이 유리창을 두드리자 시커먼 먼지처럼 몰려든 구름 속에서 자꾸 길을 놓치고 사랑을 놓치고 한없이 쓰디쓴 잔들을 기울이며 쓰던 편지, 사랑한다고 꺼내 보던 남편 사진 비틀거리다 또다시 길을 놓치고 사랑을 놓치고 비틀거리다 우울한 밤의 허물을 벗기며 들어선 집 안에 삐걱이는 현관문이 그녀에게 대답한다

구멍 난 심장 속으로 주룩주룩 비가 샌다

개기 일식

살짝 열린 문틈에서
빛줄기가 새나온다

등이 굽은 여자가 성근 밤을 기운다 가린다고 가려
도 삐져나온 옆구리 살 무릎 통증으로 돌아누워 아침
을 꿈꾸다 작년 이맘때 하늘로 간 그이를 부르고 그이
를 위해 곰국을 끓이다 홀랑 태워버린 냄비 바닥 박
박 긁던 기억을 풀어낸다 온 식구 밥상머리에 둘러앉
아 밥 먹던 기억이 희미해, 숯불에 굽던 고기 몇 점 순
식간에 없어지던 그 여름도 지워지고 쓰다 남은 물건
을 차곡차곡 낡은 가방에 담고 양 귀퉁이에서 중심으
로 지퍼를 올린다 무거운 가방을 메고 절룩절룩 빠져
나와, 불 꺼진 방 돌아보는 등이 굽은 저 여자

떠나온
길을 지우며
문을 꼭꼭 닫는다

이메일

물 위로 동동거리며 하얀 배가 떠간다

속까지 꽈악 찬 꿈 하나 포구로 향하는 벅찬 가슴
의 길 들썩이던 비늘의 예리한 손끝이 차갑게 갈라져
있다 어둠 속에서 불씨 하나 뽑아내어 선명하게 돋아
난 은비 날개의 길 그녀에게 줄 하늘색 시詩 한 편을
그물에 담고 어서 어서 닻을 올려라 환상적인 시간의
길 낮달 같은 회상의 길 해조음을 울리는 낭만의 길
번뜩이는 옷을 입고 소금 알 하나 쏟아내는 자모子母
의 운율 무지개 영역 속으로 화려하게 침몰하는 기억
의 지느러미 자락을 끄집어내어 그녀에게 속달로 보
내야지 떨리는 꼬리말들 귓가에 푸른 파도로 박히리
수평水平으로 항해하던 하얀 배 어느덧 빛의 표면에
닿는다

어둠 속

가시를 뽑아낸

별들이 눈을 뜬다

이중섭의 방

그리움이 깊은 건 비어 있기 때문이다

방바닥에 눌어붙은 푸른 기억 때문에 한 평 반 당신의 방엔 간절함이 자란다 외로운 밤 다 태운 담뱃갑 은지화에 봄날의 아이들이 환하게 뛰어논다 길 떠나는 가족을 따라 달이 가득 차오른다

우리가 가보지 못한 그 길이 출렁인다

거미

어둠의 혓바닥이
허공에 침을 놨다

새하얀 사슬에 온몸이 감긴다 삶의 막장, 갈기갈기
찢어져 구멍 난 시간 속, 이음새마다 목이 쉰 말들이
듬성듬성 걸려있다 어둠을 밝혀다오 바둥거리다 놓쳐
버린 눈빛이, 밤사이 파닥이던 날개가 불가해의 사막
을 건너지 못하고 어쩌다 행간에 슬픔의 활자를 새기
는가 갈피에 꽂힌 언어들이 적요를 찢는 벼랑 끝의 시
간, 지상의 길들은 허공으로 뻗어있고 매서운 채찍은
칼바람을 일으킨다 불안한 꿈들이 쭈뼛쭈뼛 일어서고
연착된 그리움이 하나 둘 마침표로 찍힌다

암흑의 늪 물 건넌 후
피어나는 하얀 꽃

해설

시적 언어의 우정, 그 미약한 촛불에 대하여

시적 언어의 우정,
그 미약한 촛불에 대하여

김학중 | 시인

　　우리의 삶에는 말할 수 없는 것들이 끊임없이 틈입
한다. 우리가 정보의 시대를 살아가며 모든 것을 디지
털 데이터로 환원하는 세계에 살고 있음에도 우리의
배후에서는 우리의 언어가 가진 불가능성을 환기하
는 일들이 지속되고 있다. 그것은 우리가 외면하고 있
는 동안에도 우리의 바깥에 놓인 침묵과 어둠의 평원
으로, 그 평원의 말 없는 웅얼거림으로 우리의 거주지
가까이 상주하고 있다. 물론 우리는 이제 이 지평에
무감하다. 우리는 데이터로 전환되는 것이 아닌 정보

들에 무관심하고 무엇보다 그것이 무의미하다고 여긴다. 그리하여 우리는 우리의 삶에 확실성의 토대를 제공하던 사물과 그 사물의 지평에 놓인 타자들을 추방하였다. 한병철이 말한 '사물의 소멸'이 일어난 시대는 이제 공고해졌다. 그러나 이러한 시대의 입구 앞에서 여전히 서성거리며 이미 소멸한 타자를 향한 애도의 노래를 부르는 이들이 있다. 그들의 노래는 웅얼거림으로 희미하게 들리지만 그것이 노래라는 것은 틀림없다. 그 노래가 이미 사라진 타자에게 향할지는 미지수이지만 그것은 그들에게는 고려의 영역에 있는 질문이 아니다. 그들은 실패와 불가능성을 감내하며 우리의 타자들에게 이 노래를 타전한다. 그들은 다름 아닌 시인들이다.

이송희 시인도 그러한 시인 중에 하나다. 『수많은 당신들 앞에 또 다른 당신이 되어』(시인동네, 2020) 이후 4년 만에 펴내는 사설시조집 『대명사들』은 지금 여기의 소멸된 타자적 지평에 다시 타자를 소환하는 작업을 수행한다. 그러기 위해 이송희는 몇 가지 시적 전략을 사용하여 이를 수행한다. 한편으로는 전통적 서사의 지평과 지금 여기의 지평에서 유령화된 주체의 목소리가 나타나는 지평을 결합하고 다른 한편으로는 현재적 지평에 눈보라처럼 파편화된 채 현현하는 주체의 현재성을 가시화한다. 그 자리에는 정보의 시대가 수치화하지 못한 고통의 지평이 놓여 있다.

이송희는 이 지평을 열기 위해 다른 여러 시간들을 경유하여 비로소 지금 시간의 언어가 되는 그러한 언어를 쓴다. 전통적인 시간의 언어와 지금 여기의 언어가 시간을 중지시키고 교차하며 뒤틀려 매듭이 되고 비로소 하나의 텍스트로 나타나는 순간의 언어가 이때에 쓰인다. 블랑쇼가 '우정'이라고 부른 이 언어적 순간은 언어를 중지시키는 동시에 운동하게 하는 미세한 떨림과 같은 것이다. 이로 인해 언어는 우리를 향해 미끄러져 들어오며 빛난다. 이 순간의 찬란함은 우리 시대가 추방한 고통과 그 고통이 일으키는 생의 추위를 환기하며 우리에게 생의 윤리 앞에서 눈을 뜨도록 이끈다. 그 앞에서 우리는 질문을 마주한다. 우리는 이 시대의 고통과 울음을 어떻게 마주해야 하는가. 이 질문 앞에 우리는 두 눈을 뜨고 마주해야 하는 것이다. 그것을 통해 우리는 우리가 끝없이 실패하는 고통과 울음의 재현을 감내해야 함을 느껴야 한다. 이것이 이송희가 우리 앞에서 노래하는 이유이다. 그리고 이 노래들은 마치 '대명사'처럼 하나이며 여럿인 우리들의 삶을 환기한다.

우리는 '대명사'의 호명이 여는 부름에 이끌린다. 이때 주체는 파편화된 주체가 아닌 생의 추위로 인한 얼어붙음을 통해 순간일지라도 하나의 주체로 나타난다. "어떤 말도 하지 못한 눈발이 퍼부은 날"에 "얼음이 되었다가 입 안에 머금은 채 울먹울먹 삼킨 말들 가루가 된 시간들을 탈탈 털어 마"시는 주체가 되어 "당신의 계절"(「눈보라」)이 여전히 나와 같은 추위 속에 있는 시간임을 느끼면서 말이다. 이 순간의 주체들은 나타났다 사라지며 동시에 사라짐을 뒤로 하고 다시 나타난다. 그리고 그 현현 속에서 당신의 지평을 주체가 함께 살아내는 계절로 불러온다. 이때에 호명되는 주체의 이름들은 그런 점에서 타자들과 교차하고 있다. 주체와 타자의 교차는 전통적 시간과 지금 여기의 시간의 언어를 틈입시키며 교차시킨다. 이송희의 이러한 이중적인 교차가 바로 이송희의 시설시조가 도달한 언어적 지평이다. 먼저 이 시집의 표제시인 「대명사들」을 통해 이송희가 연 시 세계로 들어가보자.

그들과 저들 사이 내 자리는 따로 없다

　부여의 사출도四出道인가, 개돼지로 불리면서
때 되면 밥 먹여주니 웅크리고 입 다물라 떠도는
유언비어 속 현행범이 되었다가 천하디천한 우리
는 말 한 마리 값도 안 되고 그녀가 읽어가는 수첩
속 문장에선 우리는 또 저것들과 이것들로 흥정되
고

　이름을 잃은 우리는 대명사로 불린다

– 「대명사들」 전문

　이 시조의 초장에서 주체는 자신의 자리 없음에 대
해 노래한다. 여기서 "내 자리"는 주체의 자리를 의미
하는데, 이것이 "대명사"로 교체된다. 주체는 이제 주
체를 호명하는 누군가에 의해서 "개돼지"로 불린다.
이 누군가는 "부여의 사출도"인 마가, 우가, 저가, 구
가의 부족장인 제가와 같은 생사여탈권을 가진 자를
의미한다. 이들의 호명으로 인해서 주체는 어떤 자리
도 점유하지 못한 채 추방된 타자가 된다. 이렇게 추
방된 주체는 가볍게 대체되고 흥정되며 생사여탈권을

가진 자에 의해 마음대로 하는 싸구려 존재가 된다.

이 추방은 "때 되면 밥 먹여주니 웅크리고 입 다물라"라는 생사여탈과 관련된 정언명령에 굴복했기 때문에 일어난다. 이러한 주체들은 랑시에르가 『불화』에서 호명한 '몫 없는 자'다. 이들은 고대의 정치체계인 사출도가 성립될 때부터, 근대의 자본주의, 정보의 지배가 이뤄지는 디지털 자본주의의 시대에 이르기까지, 정치적, 경제적 체제의 단절을 넘어 생사여탈권자들의 권력에 억압당하는 존재들이다. 그들은 생의 곤궁을 감내하는 주체들이다. 때문에 이 시조의 중장에서 시간은 뒤틀려 교차하며 뒤섞인 것이다.

시간을 넘어서 여전히 힘을 지녔던 제도들은 '몫 없는 자'를 타자화했다. 그 타자화의 결과, 지금 여기에 '몫 없는 자'인 주체는 "대명사"로만 나타나고 있다. 문제는 이들이 단수가 아니라 복수이며 우리 앞에 나타날 때에는 이 복수성이 생략된 채로 단수처럼 나타난다는 것이다. 그렇기에 이송희는 이 시조의 종장에서는 "대명사"라 표현하고 시조의 제목에서는 "대명사들"로 표현한 것이다.

이송희는 이러한 지평에 놓인 〈대명사들〉—여기서부터는 '몫 없는 자'를 이송희 시조에 나타난 "대명사들"과 동일한 것으로 놓고 쓰기 위해서, 또한 강조의 의미로도 쓰기 위해 〈대명사들〉이라고 쓰겠다 — 에 속한 여러 주체들을 자신의 시조에 불러들인다. 〈대명사들〉이기에 이때에 나타나는 주체들은 자신과 가장 가까운 〈대명사들〉로 호명된다. 이때 호명되는 이름은 전통적인 시간에서 불렸던 이름이다. 이 경유를 통해서만 지금 여기의 주체들은 겨우 우리 앞에서 그 현존을 드러낼 수 있다. 아래의 시조들에 우리에게 익숙한 "국선생"이나 "춘향" 그리고 "허생"이 등장하는 것은 우연이 아니다.

① 너희들의 이름은 고려 때부터 화려했지

주색 짙은 녀석들은 늘 그를 불렀지 모임마다 잎새주로 주가를 올렸지 수많은 주주들의 환심을 등에 업고 불타는 금요일엔 달리고 달리자 이 밤의 끝을 잡고 지화자 좋은데이! 술상을 두드리며 오늘도 처음처럼! 청하한 표정 속에 은밀한 유혹의 말, 참이슬 내릴 때까지 늘어지던 넋두리

술독에 빠진 길들이 내 발목을 붙드네

-「국선생麴先生의 취중진담」 전문

② 신인가수 춘향이 변사장에게 불려가네

암행어사 이도령을 기다리다 다 늙겠네 턱 깎
고 코 세우고 사랑가를 열창하네 단막극에 주연이
된 신인배우 추월이 봐라 휘모리장단에 맞춰서 덩
실덩실 춤을 추네 거품 많은 말들로 채워진 맥주
잔을 밤새워 기울이며 팔자 한번 고쳐보자 온다던
이몽룡도 다른 여자 꿰찼겠지 감춰진 엑스파일만
뒷골목을 돌고 도네

옥중에 갇힌 날들이 어둠 속에 묻히네

-「춘향의 비밀」 전문

③ 부모님 잔소리에 집 나온 지 어언 십 년

세 평 남짓 고시촌은 천국인가 지옥인가 오늘

도 책상 위에 무거운 질문만 쌓여 수없이 읽어 봤
을 문제들과 지문들 다섯 개의 보기 중에 정답이
있다던가 그 속에 틀어박힌 채 오도 가도 못하는
신세, 번씨 집 찾아가는 어둡고 긴 골목길에 갈피
를 잡지 못한 별들만 총총하다

　　마흔의 고갯길에서 정답 찾아 떠도는 길

–「허생의 넋두리」 전문

　①은 고전인 이규보의 가전체소설 「국선생전」을 빌
려와 현대인의 접대문화와 관련된 애환을 풀어낸다.
여기서 주체의 〈대명사들〉 중 하나는 '국선생'이다. 이
시의 주체는 주주들을 접대하는 일을 한다. "너희들의
이름은 고려 때부터 화려했지"라는 초장의 표현으로
보아 여기서 "너희"는 "주색 짙은 녀석들"임을 유추
할 수 있고 그들은 곧 "주주"로 이어지는 존재들임을
알 수 있다. 이들은 '국선생'의 생사여탈권을 지닌 자
들이다. '국선생'은 "모임마다 잎새주로 주가를 올"리
며 "술상을 두드"린다. 화려한 "주주"들 사이에서 그
는 "은밀한 유혹"의 말이나 "넋두리"를 듣는 일을 한
다. 그것이 그가 생존하기 위해 견디는 일상이다. 그

래서 그는 "술독에 빠진 길들이 내 발목을 붙"든다고
느낀다. 그것은 부당한 얽매임에 대한 감각이다. 이를
통해 주체는 자신이 타자화되어 있고 주체적 지평에
서 밀려나 있으며 언제나 대체될 수 있는 존재임을 감
지하게 된다. 그런 까닭에 '국선생'은 단수적인 존재가
아니라 복수적인 존재인 〈대명사들〉인 것이다.

   이러한 생의 위기는 ②에서도 이어지고 있다. 여기
서는 판소리소설 「춘향전」의 "춘향"를 주체의 〈대명사
들〉 중 하나로 내세운다. 이 시조에서 "춘향"은 "신인
가수"의 모습으로 등장한다. 전통적 시간에 놓여 있
던 "춘향"은 여기서 지금 여기의 우리들의 〈대명사들
〉로 분한 "춘향"이다. 그녀는 변사또의 현대판 대응인
"변사장"에 의해서 부당한 대우를 받는다. 그녀에게
는 "이도령"과 같은 구원의 손길을 내밀 존재도 없다.
막연한 희망을 기다리다가는 앞서 나가는 "추월이" 등
에게 밀려서 자신이 겨우 얻은 지위에서도 밀려날지
모른다. 여기서 우리는 생사여탈권자들이 여러 다른
〈대명사들〉을 경쟁시키며 그들의 주체성을 추방하고
있는 장면을 목도한다.

   이런 상황에 놓여 있기에 "춘향"은 "변사장"의 요
구를 받아들인다. 부당하다는 것을 알지만 "춘향"은

성형도 하고 술자리에서 접대도 하게 된다. 그것은 "엑스파일"이 되어 "춘향"을 옥죄어 온다. 하지만 "춘향"은 이미 이 굴레에서 벗어날 수 없는 길을 걷고 있다. 이는 앞서 「대명사들」에서 주체가 자리를 잃게 된 사건과 맥락을 같이 한다. 이러한 상황은 다른 여러 "춘향"들에게 반복되어 나타날 것이다.

③에서는 박지원의 한문소설 「허생전」의 "허생"이 등장한다. 여기서 주체인 "허생"은 고시생의 모습이다. 그는 「허생전」의 허생이 아내의 잔소리에 집을 떠난 것과 달리 "부모님 잔소리"에 집을 떠나왔다. 이 잔소리가 취업을 걱정하는 "부모님의 잔소리"였다는 것을 유추하는 것은 어려운 일이 아니다. 이는 지금 여기를 살아가는 우리들이 장기적인 청년 취업란을 겪으며 무수히 보아왔던 광경이기 때문이다. 아무튼, 여기서 "허생"은 "세 평 남짓 고시촌"에서 고시패스의 꿈을 꾸면서 고시생 생활을 시작한다. 하지만 결과는 신통치 않았다. 그러기를 십 년, 그는 장수생이 되고 말았다. 때문에 그는 "오늘도 책상 위에 무거운 질문만 쌓여 수없이 읽어 봤을 문제들과 지문들 다섯 개의 보기"에 "틀어박힌 채 오도 가도 못하는 신세"가 되었다. "허생"은 그렇게 "마흔의 고갯길에서 정답 찾아

떠도는 길"에 서 있다. 여기서 노래 되는 "허생"도 자신이 거주할 자리를 얻지 못하고 있다. 그러면서 여느 고시촌이 그러하듯 또 다른 "허생"들이 고시촌으로 오고 앞서간 "허생"의 삶을 이어갈지도 모른다는 비극적인 비전이 환기된다.

이렇듯 자신의 자리를 얻지 못하고 언제든 대체될 수 있는 〈대명사들〉이지만 그들은 여전히 지금 여기에 붙잡혀 있다. 추방당한 '몫 없는 자'이며 타자이지만, 이들 주체들은 생사여탈권자들의 권력에서 벗어나지는 못했다. 이송희는 이들 주체들이 마주하고 있는 현재적 위기에 주목하면서 앞서 열어놓은 〈대명사들〉의 지평을 확장하여 지금 여기의 사물들과의 관계로 이어간다. 이송희는 일회성이 있는 사물들을 활용하여 이를 환기한다.

여기에 이르면 〈대명사들〉인 주체들은 이 시대의 "껌"과 같은 버려진 사물과 동일한 지평에 놓여 있음을 감지하게 된다. 주체의 위기를 환기하는 이 지평은 "단물 쓴물 다 빼먹고 버려진 이 바닥에 질기디 질긴 연緣이 시커멓게 들러붙네 오래오래 씹었건만 너는 나를 모른다 하네"라고 노래하는 것에서 잘 나타난다. 이러한 일회성 대체물들의 지평에 주체들을 내던진 존재들은 "족보의 이름들을 질겅질겅 씹고 뱉던 왕자들"이다. 주체들은 "왕자들"이 쓰고 버린 존재들인 것이다. 주체들은 이렇게 버려진 채로 "검은 혀와 검은 손의 지문들 기름진 빵 속에 앙금만 깊어"(「껌」)진다고 노래되듯 시간이 지날수록 더 깊어 가는 상흔만을 감내해야 하는 상황에 처한다. 이러한 고통의 감각은 "비정규직 계약은 무기한 연기되고 싸늘한 문장이 가는 목을 잘랐어요 목이 잘린 이들이 당신을 기다려요"라고 노래 되고, "쓰레기통에 던져져 나뒹구는 일회용들"(「종이컵」)이라고 표현되어 나타난다. 주체들은 쉽게 버려지고 가볍게 대체된다. 여기서 "껌"이나 "종이컵"이 등장하는 것은 그런 이유이다. 이러한 버려짐의 감각은 주체들이 느낀 현대사회의 시대감각이다.

주체들이 이를 감지하는 것은 고통스럽고 슬픈 일이다. 더욱 고통스러운 것은 그것을 인식한다고 해서 달라지는 것이 없다는 것이다. 이러한 슬픔은 무겁다. 어쩔 수 없이 주체는 슬픔의 무게를 감내하면서 계속 주체의 자리에서 미끄러지게 된다. 그러한 주체의 고통은 재현되거나 주목받지 못한다. 그러는 사이 주체들은 여러 지평 사이에 끼어 있다가 희미해지고 다른 주체들로 대체되며 결국 밀려난다. "게시판을 메우는

승진발령 소식들 자꾸만 미끄러져 깁스한 시간들"로
인해 주체들은 "건물과 건물 사이"(「햄버거」)에 낀 것
처럼 잠시 그렇게 있지만 곧 주체의 자리를 잃어가면
서 지속적으로 위태로운 자리로 밀려나 놓이게 된다.
이를 감당하는 주체들이 지금 여기의 〈대명사들〉이
다. 우리는 이러한 삶의 위기에서 고통과 울음을 감당
해야 한다. 그것이 이들 주체가 겪는 추위에 다름 아
니다.

빗더미에 눌려서 납작해진 남자와 여자

바람의 목소리가 웅성대는 겨울 저녁, 얼어붙
은 길목에 앉아 붕어빵을 굽고 있다 납작해진 시
간 속에서 익어가는 한숨 소리 여자의 얼굴이 바
삭하게 구워진다 그 까만 심장 하나가 터벅터벅
걸어온 길, 비좁은 골목으로 차곡차곡 밤은 쌓여
발목이 푹푹 빠지고 휘청거리는 남자와 여자

싸늘한 지붕 아래서 밤새 눈을 맞고 있다

— 「마감뉴스」 전문

이 시조에서 "남자와 여자"는 〈대명사들〉이 감내하고 있는 생의 추위를 현시하는 주체들이다. "빗더미에 눌려서 납작"해진 이들 주체들은 "얼어붙은 길목에서 붕어빵을 굽고 있"다. 나름대로 생계의 길을 찾아 나왔지만 주체들의 노력은 보답받지 못한다. 붕어빵이 팔리지 않는 것이다. 대신에 짓눌린 시간이 그들 앞에 나타난다. 여기서 짓눌린 시간이란 주체들을 밀어내는 시간의 힘을 의미한다. 주체들은 이제 "비좁은 골목으로 차곡차곡 밤은 쌓여 발목이 푹푹 빠"지게 되는 길 위에서 "휘청거리"면서도 자신들을 지탱하려 노력한다. 밀려나지 않으려 노력하지만 주체들이 마주하는 현실은 차갑다. "싸늘한 지붕 아래서 밤새 눈을 맞"으며 견뎌야 하는 것 외에 이들이 할 수 있는 것이 없기 때문이다. 이렇게 차가운 현실을 살아내는 "남자와 여자"는 그런 점에서 차가운 현실을 살아가는 우리들의 〈대명사들〉이다. 여기에 이르면 〈대명사들〉은 다른 누구도 아닌 우리들 자신을 가리키는 것임을 어렵지 않게 감지할 수 있다.

이송희는 이렇듯 이 시대가 겪고 있는 주체들인 〈대명사들〉의 위기에 주목하면서 우리가 이 주체들의 위기에 공감하기를 요청하고 있다. 먼저 전통적인 시간의 언어와 지금 여기의 언어를 겹치고 뒤틀어 텍스트로 엮는 시적 매듭을 만들었고 이를 통해 〈대명사들〉이 겪는 대체성과 일회성의 위기를 가시화했다. 언제든 버려지고 잊힐 수 있는 위험에 놓인 주체들의 위기가 이를 통해 가시화되었다. 더불어 이 위기의 주체들이 겪는 고통과 고난을 추위의 이미지를 통해 표현하였다. 이것이 〈대명사들〉이 감내하는 추방의 위기이다.

주목할 것은 이송희가 이러한 추방의 위기를 가시화하는 것에 멈추지 않는다는 점이다. 이송희는 이를 더욱 근본적인 문제들을 탐구하는 쪽으로 연결시키고 있다. 여기서는 자본주의 체계가 추동하는 욕망이 문제화된다. 이송희는 이를 우리 생의 위기를 야기하는 동력으로 보고 비판적으로 성찰하고 있다.

강남의 땅덩어리 한 입에 보쌈하지

여기가 내 땅인가 저기가 내 땅인가 재개발 주택가가 절임배추로 누워있지 비닐 쌓인 배추에서 소문들을 꺼내면서 돈 많은 아비에게 물려받은 버릇은, 배추에 넣을 속을 돈으로 밀어 넣기 배추 속

넣으면서 노란 배추 뜯어먹고 김치통 가득가득 돈
다발을 채운다 아파트 값 올리고 양도소득세 내려
라 재테크와 세稅테크를 알맞게 버무려야지 대한
민국 1퍼센트 놀부보쌈 아느냐 온갖 채소 양념들
은 보쌈을 위한 시녀일 뿐, 눈멀고 귀멀어서 원시
遠視만 깊어지나

　　　먹어도 허기진 하루가 고봉처럼 쌓인다

-「놀부보쌈」 전문

이 시조가 문제화시키고 있는 것은 부동산과 재테
크의 문제이다. 이를 통해 부를 쌓고 있는 이들은 부
를 세습 받은 자들이다. 이들은 "배추"라는 기표로 환
유된 화폐들을 소유한 자들로 묘사된다. 이 화폐들은
"속"을 넣는 행위, 즉 부동산 가격을 부풀리는 행위
에 쓰이기도 하고, 강남을 비롯한 노른자위 땅을 구입
하는 행위인 "보쌈"에 곁들여지기도 한다. 여기서 "배
추"가 원재료인 "배추김치"는 자신들의 부를 가증시
키는 발효식품에 다름아니다. 이들은 자신들이 부를
획득하는 행위를 "보쌈"을 "한 입"에 넣는 가벼운 식
사행위나 마찬가지로 여긴다. 때문에 이들의 재테크

와 세테크에서는 그들의 행위로 인해 고통을 받게 될 타자에 대한 염려가 부재한다.

이들은 "관습적인 악수와 함께 명함을 내밀면"서 세입자와 같은 평범한 사람들의 일상을 압박한다. 전세와 월세가 높아지면서 생활고를 겪게 되는 사람들의 삶이 이렇게 우리 앞에 나타난다. 이제 집은 '못 없는 자'들 즉 〈대명사들〉의 삶을 황폐화할 수 있는 힘을 가지고 우리 앞에 나타난다. 문제는 부동산 시장의 생사여탈권자인 이들은 이런 〈대명사들〉의 위기에 공감하지 못한다는 것이다. 그럴 수밖에 없는 것이 자본주의는 부의 축적을 승인하는 제도이기 때문이다. "보쌈"을 먹듯 부동산 재테크를 하는 이들의 행위는 '보이지 않는 손'인 자연스러운 자본주의의 경제행위로 이해되기 때문에 무해한 것으로 보인다. 이 무해한 행위가 '못 없는 자'들을 실패한 자로 규정한다. 부의 성과는 타자들의 고통에 눈감게 한다. 대신 부의 성과를 얻은 자들은 그들의 손으로 여러 다른 주체들을 추방하도록 한다. 욕망이 이를 수행하게 하는 힘이다. 이 욕망에 "눈먼 자"들은 그렇게 수많은 주체들의 자리를 빼앗는다. 이렇게 〈대명사들〉이 탄생하는 구조가 자본주의다.

〈대명사들〉이 된 '몫 없는 자'들은 자리를 잃고 내쫓기고 나면 삶을 박탈당할 위기에 놓인다. 이때 우리가 마주하는 생의 위기가 슬프고 고통스러운 것은 다른 누구도 아닌 주체 자신의 선택으로 자신의 자리를 지우도록 강요받고 있기 때문이다. "목이 졸"리는 것과 같은 위험한 자리에 놓이게 된 주체들은 그 감각이 자신의 내부에서 일어나는 감각이라는 점에 더 큰 고통을 겪는다. 그리하여 주체들은 스스로 세상을 떠나는 것이다. 우리들이 "옆집 세든 여자"가 "주검으로 발견되던 날"을 마주하게 되는 사건이 바로 이러한 맥락에서 산출되는 것이다. 그 사건을 통해서야 비로소 우리들은 지금 여기 자신의 거주지가 "체온을 느낄 수 없는 언어로 세워진 건물"(「눈먼 자들의 도시」)임을 깨닫게 된다. "눈먼 자"들은 이러한 위기에 물론 무감각하고 무관심하다. '눈먼 자'에게 "보쌈"인 부동산과 부富는 먹어도 먹어도 허기만을 부를 뿐이기 때문이다. 이러한 허기는 수치화할 수 없는 주체의 고통을 추방한다. 이송희는 이것이 바로 자본주의가 추동하는 욕망의 구조라고 비판하고 있다.

그러나 우리가 주체의 위기가 나타나는 근본적인 이유를 자본주의의 문제적 상황에서 찾았다고 해서 어떤 해결책이 나오는 것은 아니다. 그것은 근본적으로 우리가 향유하고 있는 현대성의 위기에 다름 아니기 때문이다. 그러기에 우리는 〈대명사들〉이 자리를 잃어 나가며 소멸하는 과정을, 나아갈 방향을 잃은 주체들의 눈길로 바라보고만 있어야 한다. 이것은 우리가 감내하고 있는 현대성의 근본적인 곤궁이다. 그것은 방향상실의 문제이다. 자본주의의 욕망은 우리로 하여금 여러 다른 주체들이 어떠한 삶의 여정을 가야 할 지를 알지 못하게 한다. 그것은 욕망의 주체인 생사여탈권을 지닌 주체마자도 피할 수 없는 곤궁이다. 때문에 욕망은 늘 방향상실이 야기하는 불안을 통해서 추동된다. 그런 점에서 지금 여기를 살아가는 누구도 이 방향상실의 문제 앞에서 자유로운 주체는 없다. 이러한 문제적 상황을 가장 잘 현시하고 있는 시조가 「링반데룽」이다.

두고 온 길이 또 내 앞에 뱀처럼 엎드려 있다

지루한 반복 속으로 서서히 말려드는 어둠, 그 말랑한 속임수에 걸려 넘어지고 깨진 무릎 몽상의 숲을 파헤쳐 한숨을 불어넣고 붉어지는 한숨으로

고무뜨기를 하는 밤 적막한 굽잇 길 한 자락 먹구
름 한 조각 여기는 문인가 늪인가 꿈인가 난해한
문장들이 하늘을 가리고 망막을 가리고 추억을 가
리고 풀리지 않은 의문 해독하는 별들아 쫑긋 세
운 귓속에선 어긋난 주파수 소리 들리고 비밀에
부쳐질 비극이 한 줄로 압축된다. 벗어나려 할수
록 빠져드는, 잃어버린 노선 단절된 통로 막힌 혈
관 더듬어 더운 바람 밀어 넣고 아! 너의 늪에 빠
져 맴맴 도는 나선형의 적막을 견디는 시간 종이
가 닳을 때까지 되돌이표를 그리며 수없이 되불렀
던 노래여! 음악 시간은 끝나지 않고 길은 보이지
않고 구멍 난 하늘을 메우며 어둠은 긴 커튼을 친
다

점점이 짙어진 길이 눈앞에서 똬리를 튼다
　　　　　　　　　　　　　　－「링반데룽」 전문

이 시조의 제목 '링반데룽'은 등산용어로, 방향감각
을 잃고 같은 지점을 맴도는 일을 일컫는다. 이 시조
의 주체는 이 현상을 우리가 마주하고 있는 지금 여기
의 문제에 겹쳐 놓는다. 먼저 주체는 주체가 걸어 온

길을 마주한다. 그 길은 "두고 온 길"인데 이 길이 주체 앞에 "똬리"를 튼다. 주체는 분명 이것이 문제임을 감지하고 있다. "지루한 반복"이 그를 기다리고 있기 때문이다. 그 길로 들어갈수록 주체는 "어둠"의 중심으로 들어간다. 길은 "어둠" 속에 "똬리"를 틀고 있기 때문이다.

그 길에는 주체를 속이는 "말랑한 속임수"가 있고 "몽상의 숲"이 있다. 분명 주체는 나아가야 할 바를 잃고 있는데, 주체는 그 잃음을 통해 "문"과 "늪"과 "꿈"이 뒤얽힌 "난해한 문장"을 본다. 그 문장들은 "어긋난 주파수"를 통해 주체에게 도달하고 "잃어버린 노선 단절된 통로 막힌 혈관"의 이미지로 현시된다. 이 이미지들은 "맴맴" 돈다. 이 "나선형 적막"의 회전력은 어느새 "되돌렸던 노래"의 호명을 얻는다. 그 노래는 길이다.

이 길은 더욱 어두워져 "똬리"를 틀며 하나의 소용돌이가 된다. 이 소용돌이 속에서 주체는 자신이 맞이한 위기가 이전의 시간과 지금의 시간을 잇는 새로운 가능성의 지평을 열지도 모른다는 것을 감지한다. 그런 점에서 이송희가 맞이한 시적 위기의 경험은 아이러니컬하게도 위기를 해결할 가능성을 반복할 수 있는 힘을 계시한다.

우리가 살고 있는 지금 여기의 시간은 현대성의 위기를 그 어느 때보다 가속화하고 있다. 우리는 정보로 인해 우리 주체가 파편화되고 타자화되며 더 나아가 주체의 지평에서 밀려나고 있음을 알고 있다. 이를 가속화하는 것은 자본의 힘이다. 디지털 자본주의는 자본의 수치화된 수익성을 위해 그 채울 수 없는 욕망을 지속적으로 실현하고자 한다. 그러면서 수많은 주체들의 생을 훼손한다. 그것은 손쉽게 대체될 데이터와 마찬가지라고 지금 여기의 디지털 자본주의는 판단한다. 이에 저항하는 것은 쉽지 않다.

이송희는 이 지점에 소용돌이의 시간을 가져온다. 그것은 일견 방향성을 잃은 현대성의 짝패와 같이 보인다. 그리하여 디지털 자본주의 시스템이 볼 때 시스템 내부의 문제와 맥락을 같이 하는 것이라 위험성이 없는 것으로 보인다. 그러나 이것은 착각이다. 소용돌이 속에서 빠져나오는 시간성은 전통의 시간의 언어와 지금 여기의 시간의 언어를 연결한다. 이 소용돌이 속에서 자본주의의 시간성은 이탈하게 된다. 왜냐하면 자본주의의 시간은 수치화된 데이터들의 일관되게 흘러가는 시간이며 미래의 수치화된 자본의 데이터로 흘러가는 시간이기 때문이다. 이 시간 속에서 이송희가 열어놓는 시간은 셈되지 않는다. 때문에 이송희가 지금 여기로 불러오는 교차된 시간의 노래들은 그 나타남 자체가 자본주의를 흔드는 사건이다. 이러한 사건의 나타남 속에 시적 언어의 우정이 있다. 그것은 〈대명사들〉의 추방을 현시하면서 그것과 결속되고 이를 통해 우리가 있는 자리에 닻을 내리게 한다. 우리는 이송희의 노래를 통해, 그것을 읽는 행위를 통해 이 닻을 우리 안에 내리도록 할 수 있다.

이것이 이송희가 전통과 현대를 횡단하여 구축한 시적 세계로 성취한 것이다. 이 시적 언어의 우정은 자본주의의 기틀을 그 토대에서부터 흔드는 힘이다. 그 힘은 미약하다. 하지만 끊임없이 흘러나올 힘이기에 그것은 세계를 움직이는 가능성을 가졌다. 그 힘은 촛불의 빛에 가까운 것이지만 〈대명사들〉이 그렇듯 결코 단수가 아니다. 그것은 여럿이며 동시에 거대한 하나이다. 그 힘에 의해서 〈대명사들〉이 마주하는 위기를 함께 이겨 나갈 수 있을지 모른다. 그러기에 그 힘으로 우리는 우리가 끝까지 잊지 않고 기억하겠다고 약속한 그날의 바다마저도 노래할 수 있는 것이다. 그때에 이송희의 시적 언어는 '비의 문장'이 되

어 그 바다에서 미래를 열 가능성을 일으킬 시의 소용
돌이를, 그 소용돌이의 빛인 촛불로 우리 앞에 나타날
것이다.

바다는 오늘밤도 온몸을 뒤척인다

닳아진 운동화 뒤축을 만질 때마다 쓰다만 공
책 한 권을 넘겨 볼 때마다 먼지만 쌓여 있는 빈
책상을 볼 때마다 책상 옆에 홀로 놓인 책가방을
볼 때마다 흘러간 유행가처럼 잊혀질까 두려운 이
름, 그 이름 부르며 뜬 눈으로 지새던 밤, 부끄러
운 세상에 갇힌 그 붉은 울음을

가만히 끌어안으며 팽묵항을 적시는 비
　　　　　　　　　　　　　　 -「비의 문장」 전문

대명사들 ── 다인숲 사설시조시선 01

초판 1쇄 인쇄 2024년 5월 6일
초판 1쇄 발행 2024년 5월 11일

지 은 이 이송희
펴 낸 이 임성규
펴 낸 곳 다인숲
디 자 인 정민규

출판등록 2023년 3월 13일 제2023-000003호
주   소 62357 광주광역시 광산구 월곡산정로 20-49 101동 106호
전자우편 a-dream-book@naver.com

*책 가격은 뒤표지에 표시되어 있습니다.
*지은이와 협의에 의해 인지는 생략합니다.
*잘못된 책은 교환해 드립니다.

ISBN 979-11-982572-6-0 03810

이 책은 ⬢광주광역시 GWANGJU CITY ┗┏광주문화재단 의 지역문화예술육성지원사업으로 지원받아 발간되었습니다.